Für meine Mutter

Omid, der treue Falke

Es war der heilige Abend und Stefanie saß am Bett ihres kleinen Sohnes, Lukas, um ihm, wie jeden Abend, eine Geschichte zu erzählen. Sie kämpfte mit den Tränen, doch ihrem Sohn zuliebe versuchte sie, stark zu bleiben. Er sollte den Kummer, der auf ihr lastete und ihr Herz schwer werden ließ, nicht merken.

Sehnlichst wünschte sie sich, ihrem Sohn all seine Wünsche zu erfüllen, doch das Geld reichte weder für einen Tannenbaum, noch für wirkliche Geschenke. Es stand nur ein kleines, schäbiges Gesteck in der Küche, das noch aus dem letzten Jahr stammte. Eine echte Weihnachtsstimmung wollte so einfach nicht aufkommen, trotz der hübschen kleinen Anhänger und Bilder, die Lukas in den letzten Wochen im Kindergarten gebastelt hatte.

Und auch bei den Geschenken gab es, mit Ausnahme einer Tafel Schokolade, nur Praktisches. Ein Paar Turnschuhe und ein Sportrucksack. Beides in einem Second-Hand-Laden zu einem günstigen Preis ergattert.

Wie gerne hätte Stefanie ihrem Sohn den Wunsch nach Spielzeug erfüllt, aber er brauchte dringend neue Schuhe und einen Rucksack und mehr Geld war einfach nicht da. Für die Schokolade hatte Stefanie einige Pfandflaschen in der Stadt gesammelt. Nur so viele wie nötig, mehr wollte sie nicht nehmen. Es gab schließlich Menschen, denen es noch viel schlechter ging als ihr und Lukas und die dringender auf das Sammeln der Pfandflaschen angewiesen waren.

Stefanie wusste, dass Lukas sich über die Sachen freuen würde. Seine Augen würden strahlen und er würde sie vor Freude umarmen. Sie liebte ihren Sohn so sehr, deshalb brach es ihr fast das Herz zu wissen, auf was er alles verzichten musste. Besonders in der Weihnachtszeit, wenn in den Schaufenstern und Zeitungen all die schönen Dinge angepriesen wurden.

„Mama, wann fängst du denn endlich mit der Geschichte an?", nörgelte Lukas. Stefanie lächelte und drückte ihren Sohn ganz feste an sich.

Jeden Abend erzählte sie ihm dieselbe Geschichte. Ihr Opa hatte sie ihr jeden Tag aus einem Märchenbuch vorgelesen. So einem Buch mit einem dicken, braunen Ledereinband und wunderschönen Zeichnungen. Sie hatte dieses Buch so geliebt, doch irgendwann war es weg. Niemand konnte sich erinnern, wo es hin geräumt worden war, und für ein neues Buch fehlte Stefanie das Geld. So blieb ihr nur, die Geschichte aus der Erinnerung zu erzählen.

Als sie den auffordernden Blick von Lukas sah, beeilte sie sich, die Geschichte ein weiteres Mal zu erzählen.

Es war einmal, vor langer, langer Zeit, in einem weit entfernten Land. Dort herrschte Sultan Arian über sein Wüstenreich. Er war ein gütiger und gerechter Herrscher, der seinem Volk ein recht freies, selbstbestimmtes Leben ermöglichte. Jeder konnte seinen Lebensunterhalt bestreiten, niemand musste in Armut leben. Sultan Arian hatte viele Leidenschaften. Er mochte die schönen Dinge des Lebens, doch seine größte Leidenschaft waren die Falken.

Sein Falkner, Ramin, sollte ihm die prachtvollsten und kräftigsten Falken des

gesamten Orients züchten, oder gar der ganzen Welt.

Die Vögel bedeuteten Sultan Arian mehr als alles Gold, alle Diamanten und all die glamourösen Stoffe, die sich in den vielen Jahren seiner Herrschaft in seinem Palast angesammelt hatten. Er wollte die schnellsten und die schönsten Falken besitzen, die geschicktesten Jäger. Darum wartete er ungeduldig darauf, dass Ramin ihm die neusten Züchtungen präsentierte.

Ramin, der Falkner, war im ganzen Orient für seine Tiere bekannt. Er bewies großes Talent in der Aufzucht und hatte es damit bereits zu einem beachtlichen Vermögen gebracht. Zur Hand ging ihm dabei sein Gehilfe, Nika, der sich seiner Aufgabe mit viel Fleiß und Hingabe widmete.

Doch der aktuelle Schlupf war Ramin nicht so recht gelungen. Nur zwei Eier waren ausgebrütet worden und eines der Jungtiere wollte, trotz aller Bemühungen, weder den Ansprüchen des Falkners und erst recht nicht den Ansprüchen des Sultans entsprechen. Obwohl Nika den Jungfalken mit geschickter Hand päppelte, blieb er klein und schwächlich.

Dieser Vogel würde keine Gnade vor den Augen des Sultans finden. Das wusste auch Nika, dem bei diesem Gedanken das Herz ganz schwer wurde. Omid, so hatte er den Falken getauft, war ihm ans Herz gewachsen. Er hatte so viel Zeit investiert und empfand so etwas wie Freundschaft für das Tier.

Normalerweise genoss Nika das Treiben auf dem Markt, den Geruch der vielen Gewürze und die bunten, reichlich verzierten, Stoffe. Oft träumte er davon, sich einmal einen solchen Stoff kaufen zu können und sich daraus ein prunkvolles Gewand schneidern zu lassen, doch wusste er, dass dies ein Traum bleiben würde. Ramin bezahlte ihn gut für seine harte Arbeit. Es reichte, um ihm ein sorgenfreies Leben zu ermöglichen, nicht jedoch für pompöse Kleidung und anderen Luxus. Doch heute konnte er den Gang über den Markt, zu Ramins Falknerei, nicht genießen. Wissend, was passieren würde, wenn der Sultan den Falken Omid nicht auswählen würde, verspürte Nika nur Trauer und Hoffnungslosigkeit.

Es kam, wie vorhergesehen. Als Sultan Arian den kümmerlichen, schwachen Falkenjungen

11

sah, den seine eigenen Beine kaum tragen wollten, warf er ihm nur einen abschätzigen Blick zu und wies Ramin an, den Vogel nicht weiter zu betreuen.

Nikas Augen füllten sich mit Tränen, was auch dem gütigen Sultan nicht entging. „Warum ist dein Herz schwer?", fragte er. „Dieser Vogel, dem ich den Namen Omid gab, ist mehr für mich als nur ein Falke von vielen", antwortete Nika. „Ihn aufzugeben, bricht mir das Herz."

Nikas Tränen und seine Worte rührten Sultan Arian. Nach einem kurzen Moment des Nachdenkens traf er eine Entscheidung. „Nika, ich mache dir diesen Falken zum Geschenk. Kümmere dich gut um ihn und sei ihm ein guter Freund. Ich bin mir sicher, dass er dich dafür mehr belohnen wird, als du dir derzeit zu träumen vermagst."

Nika konnte sein Glück kaum fassen. Obwohl ihn die großzügige Geste des Sultans auch beunruhigte, denn einen Falken aufzuziehen und zu versorgen, war mit hohen Kosten verbunden. Doch für diesen Falken, der einen so schweren Start ins Leben hatte und mit dem ihn so viel verband, würde er jeden Verzicht auf sich nehmen.

Die Jahre vergingen und Omid war immer an Nikas Seite. Trotz aller Entbehrungen hatte Nika seine Entscheidung niemals bereut. Doch mittlerweile fiel es ihm immer schwerer, für sich und Omid zu sorgen. Ramin, der für ihn mehr als nur ein Chef gewesen war, hatte seine Falknerei aufgeben müssen und der neue Besitzer bezahlte Nika schlecht. Sehr schlecht.

Und der Zahn der Zeit war auch nicht spurlos an Nika vorübergegangen. Die Knochen schmerzten ihm und er konnte die schwere Arbeit kaum noch bewältigen. Oft drohte er zu verzweifeln, doch nie kam ihm der Gedanke, sich von Omid zu trennen. Wenngleich seine Situation mit jedem Tag aussichtsloser wurde. Die Miete hatte er schon seit Monaten nicht mehr bezahlt und in wenigen Tagen drohte ihm die Obdachlosigkeit.

Omid schenkte ihm in dieser Situation, wie schon so oft, Trost. Wenn Nika sein Gefieder spürte, huschte ein Lächeln über sein Gesicht.

Manchmal brachte Omid ihm auch etwas zu Essen von seinen Streifzügen mit. Ein Zweig mit einigen Oliven daran oder einige Datteln. Nicht viel, aber es tat Nika gut zu wissen, dass sein Freund immer an ihn dachte.

Auch an diesem Tag hielt Omid etwas im Schnabel, als er von seinem Ausflug zurückkehrte. Es war ein Zweig mit einigen wenigen Datteln. Einen solchen Zweig hatte Omid schon häufig mitgebracht, doch irgendetwas war anders. Der Falke schien aufgeregt zu sein. Er schlug heftig mit den Flügeln und pickte Nika immer wieder leicht mit dem Schnabel.

‚Was ist nur mit dir los, mein Freund?‘, fragte sich Nika. Es waren doch nur ein paar Datteln. Doch der Falke gab einfach keine Ruhe. „Gut, wenn es dir so wichtig ist, dann esse ich sie direkt“, lachte er.

Als Nika die Datteln entkernte, traute er seinen Augen nicht. Die Kerne der Datteln waren aus purem Gold. Es war nicht viel, aber es würde reichen, um all seine Schulden zu bezahlen und ihm und seinem geliebten Falken für den Rest ihrer Tage ein einfaches, aber sorgenfreies, Leben zu ermöglichen.

Mit Tränen des Glücks in den Augen erinnerte sich Nika an die Worte des gütigen Sultans.

Omids Freundschaft hatte ihm sein Leben lang so viel gegeben und nun hatte sie ihm mehr gegeben, als er je für möglich gehalten hatte.

Zärtlich streichelte Nika Omids Gefieder.

Eine wahre Freundschaft ist nicht mit Gold aufzuwiegen. Sie ist wertvoller als aller Besitz auf der ganzen weiten Welt.

„Ende und jetzt schlaf schön, mein Schatz!"

Nachdem Stefanie ihrem Sohn das Märchen erzählt hatte, war sie ins Bett gegangen und hatte sich in den Schlaf geweint. Wie so oft in den letzten Wochen, Monaten und Jahren.

Der Grund, warum sie das Märchen, das sie ihrem Sohn immer und immer wieder erzählen musste, so sehr mochte war, dass sie sich in Nika hineinversetzen konnte und die Geschichte ihr Hoffnung gab. Hoffnung auf eine bessere Zeit, irgendwann.

Als Stefanie am nächsten Morgen aufstand, lag ein Päckchen auf der Fußmatte vor der Wohnungstür, eingeschlagen in buntes Weihnachtspapier mit lustigen Pinguinen.

Darauf ein Aufkleber auf dem stand:

Grübelnd, wo das Päckchen herkommen könnte, legte Stefanie es zu den anderen Geschenken auf den Küchentisch. Da kam auch schon ihr Sohn hereingestürmt und stürzte sich sofort auf die bunten Päckchen.

Voller Freude probierte er seine neuen Schuhe an und zeigte seiner Mutter stolz den Rucksack. Dann steckte er sich schnell ein Stückchen Schokolade in den Mund. Er grinste seine Mutter schelmisch an, denn er wusste ganz genau, dass sie ihm verboten hatte, vor dem Frühstück Süßigkeiten zu naschen. Aber heute war ja schließlich Weihnachten, da durfte man doch mal eine Ausnahme machen. Das fand zumindest Lukas.

Dann griff er nach dem letzten Päckchen und riss hektisch das Papier ab. Als Lukas den Inhalt des Geschenks sah, stieß er einen Freudenschrei aus.

„Mama, Mama, schau mal. Ein Buch! Das sieht klasse aus! Guck mal. Das tolle Bild vorne drauf. Der Vogel ist wunderschön!"

Stefanie stand nur regungslos dar, während ihr Tränen über die Wangen liefen. Genau so ein Buch hatte sie als Kind besessen. Wer.....?

„Mama, alles in Ordnung?" Lukas starrte seine Mutter ängstlich an. Schnell nahm Stefanie ihn ganz feste in den Arm. „Ja, mein Schatz. Ich freu mich nur so über dieses tolle Geschenk." Sie küsste ihren Sohn auf den Kopf.

Endlich konnte Stefanie in leuchtende, glückliche Kinderaugen blicken. Dieses Strahlen hatte sie all die Jahre herbeigesehnt. Fast ehrfurchtsvoll strichen Lukas Hände über den prachtvollen Ledereinband. Sie kuschelten sich auf dem Sofa aneinander, eingewickelt in eine dicke, wollene Decke, betrachteten fasziniert die wundervollen Zeichnungen und lasen es gemeinsam, das Märchen von Omid, dem treuen Falken.

Auf der anderen Seite der Wand stand eine ältere Frau und lächelte. Sie lehnte mit dem Rücken an der Wand, den Kopf leicht in den Nacken gelehnt. Die Augen hielt sie fest verschlossen und atmete ganz ruhig und gleichmäßig. Ihre Wohnung grenzte an die Wohnung von Stefanie und Lukas. Oft, viel zu oft, hatte sie mit anhören müssen, wie sich die junge Mutter in den Schlaf geweint hatte.

Die Nachbarn waren ihr ans Herz gewachsen. Einmal hatte der Junge geklingelt und ihr frisch gebackene Plätzchen gebracht. Die waren noch warm gewesen. Einfach so. Obwohl die beiden doch selbst nicht viel hatten. Die Plätzchen hatten himmlisch geschmeckt. Wie früher, als sie selbst oft gebacken hatte. Heute macht sie das nicht mehr, warum auch. Sie bekam eigentlich nie Besuch und für sich allein lohnte die ganze Arbeit ja nicht. Ein anderes Mal hatte der Junge im Vorgarten gesessen und ein Bild gemalt. Als sie ihm gesagt hatte, dass das ein schönes Bild sei, hatte sie es am nächsten Tag vor ihrer Tür gefunden. Er hatte sogar ihren Namen und seinen Namen darauf geschrieben. Da hatte seine Mutter ihm bestimmt geholfen. Das Bild hing noch immer in ihrer Küche und brachte sie jeden Morgen zum Lächeln.

Das Haus war hellhörig und manchmal, wenn Stefanie ihre Geschichte erzählte, vor dem Einschlafen, lag die Nachbarin einfach da und lauschte den Worten. Wenn sie ganz ganz leise war und Stefanie etwas lauter sprach, dann konnte sie sie hören. Die Geschichte von Omid, dem Falken. Sie liebte diese Momente, in denen sie sich einmal nicht einsam fühlte. Eigentlich hatte sie sich das Geld mühsam für einen neuen Fernseher zusammengespart. Doch der Alte tat es ja noch, und als sie das Märchenbuch im Schaufenster des Antiquariats gesehen hatte, da gab es nichts zu überlegen. Sie wollte es Stefanie und Lukas unbedingt schenken. Schließlich ist es das, worum es geht, und das nicht nur in der Weihnachtszeit.

Auch an andere zu denken und Freude zu schenken.

Bei dem Gedanken an die strahlenden Kinderaugen von Lukas wurde ihr warm ums Herz.

Auch Stefanie empfand diese Wärme. Mit jedem Blick auf ihren Sohn strahlten ihre Augen ein kleines bisschen mehr und sie konnte nicht aufhören zu lächeln. Doch die Frage, wer ihnen dieses wundervolle Geschenk wohl gemacht hatte, ließ sie einfach nicht los. Sie spürte das Bedürfnis, sich zu bedanken, etwas zurückzugeben. So sehr Stefanie auch ihre grauen Zellen bemühte, ihr wollte einfach niemand einfallen.

„Ende", mit diesem Wort schloss sie ihre Erzählung und klappte das Buch zu. In den dumpfen Ton des Zuschlagens des Ledereinbandes mischten sich ein lautes Klirren und ein gedämpftes Fluchen. Stefanie wusste sofort, woher das Geräusch kam. Hoffentlich war ihrer Nachbarin nichts passiert.

Schnell schlüpfte Stefanie in ihre Pantoffeln und lief zur Wohnungstür der Nachbarwohnung. „Alles in Ordnung?", rief sie, während sie feste an die Tür klopfte.

„Ja, alles in bester Ordnung. Mir ist nur die Kaffeetasse heruntergefallen." Erleichtert wandte Stefanie sich um, um in ihre Wohnung zurückzukehren. Doch etwas ließ sie innehalten. Konnte es sein, dass… Nein, warum sollte sie…

Stefanie schüttelte den Gedanken ab. Das war einfach zu abwegig. Trotzdem zog etwas sie zurück zur Nachbarwohnung. Erneut klopfte sie, diesmal jedoch weniger energisch. Als sich die Tür einen Spalt öffnete, blickte sie in das freundliche Gesicht ihrer Nachbarin. „Was kann ich für sie tun, meine Liebe?"

„Ich habe meinem Sohn gerade eine Geschichte vorgelesen. Gleich mache ich uns heißen Kakao mit Sahne zum Frühstück, dazu Croissants. Plätzchen habe ich auch noch. Selbst gebacken. Und da dachte ich, vielleicht, also, vielleicht hätten sie ja Lust, uns zu besuchen und den Weihnachtstag mit uns zu verbringen."

Die Augen der älteren Frau füllten sich mit Tränen. Sie war so gerührt von dieser Einladung, dass sie nicht mehr konnte, als stumm zu nicken.

Rasch huschte sie in das Wohnzimmer, um ihre Handtasche, eine Tüte mit den leckeren Walnüssen, die sie auf ihren Spaziergängen gesammelt hatte und ihren schönen, großen, hölzernen Nussknacker zu holen. Ein Weihnachtsfest ohne das Knacken der harten Schalen der Walnüsse konnte sie sich nicht vorstellen.

Dabei schwang die Tür weiter auf und gab den Blick in den Flur frei.

Stefanies Augen blieben an einem Bogen Geschenkpapier haften, der auf der Kommode lag. Die lustigen Pinguine erkannte sie sofort wieder.

Als ihre Nachbarin in den Flur trat, trafen sich ihre Blicke. Es brauchte keine Worte. Nur Sekunden später lagen sich die beiden Frauen in den Armen. Erfüllt von Freude, Dankbarkeit und gegenseitigem Respekt.

Es wurde ein wundervoller Weihnachtstag, dem noch viele weitere Tage folgten, die sie in tiefer Freundschaft verbunden miteinander verbrachten.

Begleitet wurden sie dabei immer von Omid, dem treuen Falken.

Ende

Über die Entstehung der Kurgeschichte:

Diese Kurzgeschichte entstand im Rahmen der Adventsgeschichten 2021 der Skriptorium Autorengemeinschaft.

Ich bin wahnsinnig froh und sehr dankbar, dass ich ein Teil dieses tollen Projektes sein durfte. Vielen Dank dafür an das Skriptorium (Ines, Kathrin, Mirjam).

Neugierig geworden?

Dann schnell in die anderen Geschichten hineinhören, die im Rahmen dieses Projektes vertont wurden:

https://youtube.com/channel/UCV8IV_hBowRoZ7amuWEíJcw

Und natürlich auch in meine. Sie wurde von einem grandiosen Sprecher vertont, Florian Wamser. Ich empfinde dies als große Ehre und ein großes Privileg.